Atmen

Über den Autor:

Matthias Greuling wurde am 30. Januar 1978 in Wien geboren, lernte Filmregie an der New York Film Academy und studierte Kommunikations- und Theaterwissenschaft in Wien. Er arbeitet als Filmkritiker und Kulturjournalist u.a. für die „Salzburger Nachrichten" und „Die Furche". 1999 veröffentlichte er die Kurzgeschichtensammlung *Der Kunstverstümmler*. Seit 2000 gibt er als Chefredakteur die österreichische Filmzeitschrift „celluloid" heraus. Er betätigt sich auch als Filmemacher und wirkte bereits bei zahlreichen unabhängigen Filmprojekten in unterschiedlichen Positionen mit.

Matthias Greuling

Atmen

Erzählung

>ly:ri:ca

Für Lydi

edition ly:ri:ca
Mödling, Österreich
1. Auflage, Oktober 2003
Lektorat: Lydia Zemann
Umschlaggestaltung: Matthias Greuling
Herstellung: Books on Demand GmbH, Norderstedt
Printed in Germany

ISBN 3-8330-1172-6

1

Gleich nach meiner Ankunft tappte ich in die Falle, jene Falle, über die ich schon die ganze Fahrt über nachgedacht und phantasiert hatte. Die Falle, in die zwangsläufig jeder tappt, wenn er allein, ich sage nicht: einsam, verreist. Ich dachte, das hast du nun davon, dass du allein verreist bist, dass du allein nach Italien gefahren bist, wohlwissend, dass du in die Alleinseinfalle tappen wirst, früher oder später. Ich bin gleich nach meiner Ankunft in die Alleinseinfalle getappt, denn sobald ich mein Zimmer bezogen hatte und das Haus verlassen wollte, nur mit der Vorstellung bestückt, eine Runde durch die gewohnten Straßen und Gassen zu drehen, in der Hoffnung, nur ja nichts Neues vorfinden zu müssen und gleichzeitig voller Neugier, was sich in dem Jahr meiner Abwesenheit verändert haben mag; sobald ich also das Haus verlassen wollte, stürzte die deutsche Frühstücksfrau auf mich zu und begann zu erzählen. Sie hatte immer schon eine Vorliebe dafür, mit deutschsprachigen Gästen in ihrer Muttersprache zu sprechen, wiewohl sie niemals müde wurde, zu betonen, sie sei nun Italienerin *seit 25 Jahren*. Deutschsprachige Gäste sind hier keine Seltenheit, dachte ich und dachte auch daran, dass die Frühstücksfrau demnach den ganzen Tag lang nur sprechen müsste, um alle deutschsprachigen Gäste zumindest annähernd mit ihrem Gesprochenen zu versorgen. Der Tourismus, sagte die

Frühstücksfrau, ist in einer tiefen Krise, man merke das an allen Ecken und Enden, nichts sei mehr so wie früher, in den *Siebziger Jahren*. Das Exklusive fehlt, wissen sie, sagte sie und ich dachte, das hast du nun davon, allein hier herunter zu fahren. Damit bist du das Opfer der Frühstücksfrau geworden, dachte ich, denn wenn du Gesellschaft hättest, würde sie dich gar nicht erst ansprechen, aber so dachte sie, du brauchst Unterhaltung und jemanden, der mit dir spricht, dabei wolltest du doch nur *allein* sein. In den Siebziger Jahren hätte man noch auf Exklusivität Wert gelegt, sagte die Frühstücksfrau. Heute erschienen die Leute gar in Turnschuhen und T-Shirts zum Essen, das hätte es in den Siebziger Jahren nie gegeben, sagte sie und ich dachte, die Frühstücksfrau will mir mein Bild des von mir liebgewonnenen Ortes in Oberitalien zerstören, sie will es mir nicht gönnen, sie hat gemerkt, dass ich hierher gekommen bin aus Wien und dass es mir gleich wieder gefallen hat und dass ich mich gleich wieder wohl und also wie zu Hause gefühlt habe und deshalb hat sie sogleich damit begonnen, auf die bösartigste Weise, mir das Bild, das ich über so viele Jahre aufgebaut hatte, zu zerstören. Eine böse Person, dachte ich, durch und durch gästefeindlich. Die Gemeinde ist schlecht, der Bürgermeister ist schlecht, überhaupt ist ganz Italien schlecht und verkommen, sagte sie. Ich gehe hier nicht wählen, sagte die Frühstücksfrau, aber ich gehe auch nicht in Deutschland wählen. Seit fünfundzwanzig Jahren sei die Frühstücksfrau nun schon Italienerin. Italienerin wird sie niemals werden, dachte ich. Ich hatte eine deutsche Staatsbürgerschaft und dachte, man würde mir nach zehn Jahren auch die Italienische verleihen, sagte sie, aber dann kam heraus, dass ich die deutsche verloren und *nur* die italienische bekommen hatte, sagte sie, die jahrzehntelang von einer Doppelstaatsbürgerschaft geträumt hatte. Wie komme ich dazu, mir ihre Doppelstaatsbürgerschaftsträume anzuhören, dachte ich, während ich in jenem Restaurant saß, in dem ich schon seit Jahren speise und das mich noch nie hat wirklich enttäuschen können, obwohl es einmal einen Vorfall gab, der zwar nicht unmittelbar mich, aber meine Tischgesellschaft betraf, die nicht damit gerechnet hatte, dass die Pizza in diesem Restaurant in der Pfanne gemacht wird und dass sie dadurch immer gleich groß ist und meine Tischgesellschaft natürlich sofort an eine maschinell hergestellte Industriepizza dachte, erinnerte ich mich jetzt, da ich also wieder in diesem Ristorante sitze und die Wirtin am Nebentisch vor allen Augen ihr Neugeborenes wickelt und die Leute um mich herum nur voller Entzücken über das nackte und angemachte Kind waren und ich selbst zu sehr mit meinem Salat beschäftigt war, als mich ernstlich mit der Wirtin und ihrem Kind auseinander zu setzen. Die Frühstücksfrau hatte mir auch erzählt, dass ihre Eltern immer, egal wohin sie führen, die billigsten, aber zugleich saubersten Hotels erwischen würden. Sie haben das im Gespür, sagte sie, sie haben ein *Schnäppchengespür*. Sie finden ein Hotel, am Rhein, sagte sie, und bekommen für dreißig Euro ein Frühstück, von dem sie den ganzen Tag zehren könnten und sich auf diese Weise sehr viel Geld bei den anderen Mahlzeiten ersparen würden, sagte sie und ich dachte, es gibt kaum eine deutschere Eigenschaft als Sparen und auch, dass die Frühstücksfrau selbstredend das Frühstücksbeispiel ihrer Eltern erzählen musste, um ihrer Position im Haus, in dem ich wohnte, mit Nachdruck besondere Wichtigkeit zu verleihen, dachte ich. Italienerin wird sie nie werden, dachte ich, mit ihrer deutschen Frisur, ihrem deutschen Gang, ihrem deutschen Gewand, das nichts verhüllte, was man hätte unbedingt sehen müssen. Ihr ganzes Auftreten war durch und durch deutsch, dachte ich, und trotzdem beharrte sie, die einen Italiener geheiratet hatte, sie sei bereits seit fünfundzwanzig Jahren Italienerin. Das hast du nun davon, allein hierher zu kommen, dachte ich wieder und stocherte in meinem Salat. Aber beim Essen, dachte ich, könnte ich durchaus Gesellschaft vertragen, sonst nicht. Nicht beim Kaffee trinken, in Italien muss man sagen: *caffè'*, nicht beim Leute schauen, auch nicht an der Küste, und schon gar nicht beim Frühstück, woran ich mich nun mit Schaudern erinnerte, als mir die Frühstücksfrau schon bei meinem letzten Besuch regelmäßig das Frühstück verdorben hat mit ihrer Anwesenheit und ihrem Gerede. Aber beim Abendessen könnte ich Gesellschaft vertragen, dachte ich, das ist in der Tat der einzige Zeitpunkt, an dem ich mich allein und einsam fühle, dachte ich, sonst kenne ich die Einsamkeit nicht. Je länger ich allein bin, desto weniger Einsamkeit verspüre ich. Die Einsamkeit kommt immer dann, wenn ich unter Menschen gehe, stellte ich nun fest. Das Kind der Wirtin war nun frisch gewickelt und die Augen aller richteten sich auf Carlotta, so hieß das Kind, das die Wirtin nun stolz von Tisch zu Tisch trug und herzeigte. Carlotta, der Mittelpunkt, dachte ich, und dabei fiel mir wieder die Frühstücksfrau ein, die sich in dem Haus so gebärdet als sei sie die Chefin, *dabei serviert sie nur das Frühstück*. Ich war siebzehn Jahre lang im Savoy, das hat vier Sterne, sagte sie, und ich dachte, wie schön es ist, in einem Zweisternehaus zu wohnen und dass die Zeit, in der die Frühstücksfrau im Savoy gearbeitet hat, wohl in den Siebziger Jahren gewesen sein muss. Als die Frühstücksfrau nun anfing, über holländische Gäste im Haus zu schimpfen, dachte ich wieder daran, wie sehr Gäste aus dem deutschsprachigen Ausland in Italien verhasst sein müssen, aber zum Unterschied zu den Holländern, so die Frühstücksfrau, ließen Deutsche und Österreicher mehr Geld in Italien, die Holländer hingegen kommen mit dem Wohnwagen und fahren direkt von der Autobahn auf den Campingplatz, sagte sie. Der Bürgermeister der Comune sei ein Idiot, schimpfte sie nun, da er offenbar im falschen Land Werbung für seine Comune gemacht hätte, anders wäre der plötzliche Anstieg an

Holländern im Ort keinesfalls erklärbar, sagte die Frühstücksfrau, die sogleich anschloss, dass auch die Deutschen und die Österreicher immer weniger Geld daließen, in den letzten Jahren, was mit dem modischen Unbewusstsein bei der Nahrungsaufnahme (Turnschuhe!) einher gehe. Der Blick aufs Meer besänftigte mich etwas, nicht umsonst kehre ich wieder und wieder in dieses Restaurant zurück, da ich den Blick aufs Meer so sehr schätzen gelernt habe. Die Adria, die sich seit ich denken kann, nicht bewegt hat, dachte ich, das beruhigt mich. Nicht auszudenken, sie hätte einen Wellengang, dachte ich und der Zeitpunkt war gekommen, als die Wirtin Carlotta endlich zurück in ihren Kinderwagen setzte und somit die Aufmerksamkeit im Lokal wieder auf das Essen gelenkt wurde. Ich dachte, ich bin noch nicht entspannt genug, um mich auf Italien einzulassen, aber das kommt noch. Und dabei fiel mir auch ein, weshalb sich die Frühstücksfrau in meiner Gegenwart derart unausstehlich gebärdete, nämlich weil sie denkt ich denke, sie sei minderwertig, dachte ich.

2

Am Strand habe ich einen Sonnenschirm in der ersten Reihe gemietet, nicht, weil ich die erste Reihe besonders lieben würde, denn dort ist es laut und wenn der Strand voll ist, dann laufen viele Kleinkinder am Wasser herum, und alle tanzen sie den ganzen Tag lang vor deiner Nase herum, dachte ich, aber die erste Reihe war die einzig mögliche Reihe, da alle anderen Reihen ausgebucht und also vermietet waren. Nichtsahnend genoss ich also den größten Vorzug der ersten Reihe, den Blick aufs Meer, als sich eine Urlauberin neben mir an den Nachbarschirm niederließ und gleich nach ihrer Ankunft wild gestikulierend zu telefonieren begann, was außer mir als deutschsprachigen Gast niemand sonderlich zu stören schien, da in der näheren Umgebung nur Italiener lagen. Irgendetwas mit ihrer Arbeit zuhause in Wien war nicht in Ordnung gewesen, habe ich gehört, ihr Chef hat sie wutentbrannt angerufen, weil sie eine Pressemitteilung nicht ordnungsgemäß vor ihrer Abreise hat aussenden können, was ihr nun, am Strand, den größten Ärger verursachte. Gleich wird sie explodieren, dachte ich und da rief die Urlauberin auch schon ihre zahllosen zuhause gebliebenen Freundinnen an, um ihnen mit den immergleichen Worten ihren *Horrortrip* zu schildern. Ich kann schon auswendig mitsprechen, dachte ich nach ihrem dritten Anruf, bei dem sie immer wilder gestikulierend auch noch erzählte, dass heute der erste Tag seit vier Tagen sei, an dem sie endlich dazu komme, an den Strand zu gehen, nachdem das Wetter in den letzten vier Tagen zu wünschen übrig ließ und ihre Tochter den *ganzen Tag nur am Klo* verbrachte, wie sie sagte. Und dann bekäme sie auch noch einen Anruf aus der Heimat, der sie habe fast zerspringen lassen. Neben dieser Person bin ich nun eine Woche lang gefangen, dachte ich, und meine Sorge darüber wuchs in dem Moment, als auch ihr Mann und ihre zwei kleinen Söhne erschienen und sie diesen ihr Leid aufs Neue klagte und ich nur mehr noch die Lippen synchron zu ihrer Geschichte habe mitbewegen können. Sie hat in mir die größte Hektik verbreitet, dachte ich und ich habe darauf hin fluchartig den Strand verlassen und bin in mein Zimmer gegangen, wo ich dachte, dass mir die Italiener am Strand viel angenehmer sind, als die deutschsprachigen Touristen. Die Italiener, dachte ich, reden noch viel mehr als die deutschsprachigen Touristen, und noch viel lauter, aber ich verstehe sie nicht, dachte ich mit einem Lächeln. Auch die italienischen Kinder störten mich nicht so wie die Kinder deutschsprachiger Touristen, stellte ich fest. Dabei hatte ich erst heute in der *Süddeutschen* gelesen, dass es gerade die italienischen Kinder sind, die *weltweit*, so die Süddeutsche, den schlechtesten Ruf in der Tourismusbranche genießen würden, weil sie niemals ruhig sitzen könnten, sondern im Flugzeug den Stewardessen zwischen den Füßen umher laufen würden und auch in Hotels stets durch ihre Unruhe und ihre Lautstärke negativ auffielen, so die Süddeutsche. Lautstärke, Unruhe, dachte ich, gehörten dazu. Aber bitte nicht auf Deutsch. Ich dachte wieder an den Blick aufs Meer im Ristorante, den ich am Abend würde genießen können und beruhigte mich ein wenig. Der Gedanke, dass andere Leute in der Altstadt, die aus vielen malerischen, engen Gassen bestand, zu Abend essen und dort vor Hitze und Schwüle geradezu umkommen, weil die engen Gassen das Abziehen der Hitze und Schwüle nicht zuließen, dieser Gedanke ließ mich, der ich mit Blick aufs Meer und also frei von Hitze und Schwüle zu Abend essen würde, erleichtert in meinem Zimmer einnicken und erst wieder kurz vor dem Abendessen erwachen, was das Schlimmste überhaupt ist, dachte ich. Du hättest nicht einnicken dürfen, mahnte ich mich jetzt, denn dadurch ist es dir unmöglich in dem Zimmer, in dem es nur einen alten Deckenventilator gab, Nachts einzuschlafen, dachte ich. Nur grobe Müdigkeit kann dir über die Hitze im Zimmer hinweghelfen, grobe Müdigkeit oder exzessiver Alkoholkonsum, dachte ich, der ich mich nun gezwungen sah, mir den heutigen Schlaf auf letztere Weise zu verschaffen, was ich allerdings strikt ablehnte und mir vornahm, lieber noch eine Stunde mit der Frühstücksfrau zu sprechen, deren Gespräche mich immer schon restlos ermüdet hatten. Leider war die Frühstücksfrau zumeist nur morgens zugegen, weshalb ich des öfteren schon am Strand habe einschlafen müssen, erinnerte ich mich jetzt, und gleichzeitig wurde mir auch bewusst, wie sehr die Anwesenheit der Frühstücksfrau meine Aufenthalte in diesem Ort in den letzten Jahren beeinflußte. Sie ist bestimmt nur da, um dir dein Bild zu verrücken, dein Bild, das du dir über Jahrzehnte aufgebaut hast, dachte ich. Sie will es zerstören, sie ist ein bösartiger Mensch und sie hat es darauf abgesehen, dir Italien zu verderben, weil sie es nur für sich allein haben will, seit fünfundzwanzig Jahren. Aber ich würde das keinesfalls zulassen und merkte mit Wohlbefinden, dass ein Gewitter den Tag erträglicher machen würde, sobald es einmal in vollem Gange war.

3

Bei meinem Rundgang durch die Strassen und Gassen dachte ich, so viele hässliche Menschen habe ich hier noch nie gesehen, und es hat mich erschaudern lassen, all die eisschleckenden, turnbeschuhten (sic!) und dauergewellten Frauen und Männer zu sehen, die hier ihre Tage verbrachten, in der Hoffnung, Erholung zu finden. Ich dachte, Erholung zu finden ist für mich nicht vom Ort abhängig, sondern von den Menschen, die ihn bevölkern und ich bemerkte, dass dieser Gedanke richtig war, jetzt wo ich als hässlicher Mensch unter so vielen hässlichen Menschen stand und also gar nicht mehr sonderlich aufgefallen bin, dachte ich. Ich hätte im Juni hierher fahren müssen, nicht im August, dachte ich. Im Juni, in der Vorsaison, ist es hier noch erträglich, im August ist es nur mehr eine stinkende Kloake, die Adria bewegt sich noch weniger als sonst, und der Sonnenölteppich ist sorgfältig gewoben wie ein Perser, dachte ich. Im September müssen sie kommen, beratschlagte mich die Frühstücksfrau, im September ist es hier am Schönsten. Das Wasser glasklar, die Luft rein, die Menschen verschwunden, die Preise moderat. Ich dachte, das wäre der richtige Reisemonat für die Holländer und ich wünschte mir, die Holländer kämen alle zugleich im September hierher, nur um der Frühstücksfrau eins auszuwischen. Aber im Grunde hatte die Frühstücksfrau recht, ich musste ihr zum ersten

Mal recht geben, denn im September war es tatsächlich die einzige Zeit, in der dieser Ort und also Italien überhaupt erträglich für einen Mitteleuropäer war. Und ich dachte das, als ich in der Bar saß gegenüber von dem Haus, in dem ich wohne, in dem ich seit bald fünfundzwanzig Jahren wohne, fast so lange schon, wie die Frühstücksfrau aus Deutschland Italienerin ist, dachte ich und erschauderte auf ein Neues. Sie hätte im Savoy bleiben sollen, dachte ich. Seit ich sie vor drei oder vier Jahren zum ersten Mal meinen Frühstückstee habe bringen sehen, ist mir dieser Ort immer nur noch schlechter in Erinnerung geblieben als zuvor. Aber für das Savoy war sie mit ihren vier- oder fünfundfünfzig Jahren nicht mehr tragbar gewesen, hatte mir die Chefin des Hauses schon bei ihrer Einstellung berichtet und sich damit gerechtfertigt, sie wolle der Frau eines alten Bekannten nicht das Gefühl geben, sie sei schon unbrauchbar in ihrem Alter, indem sie sie *nicht* einstellte. Ich habe der Frühstücksfrau selbstredend nie etwas von dem Gespräch und also den wahren Gründen für ihre Einstellung in dem Haus gesagt, obwohl ich des öfteren große Lust verspüre, ihr es zu sagen. Ihr zu sagen, dass sie nicht wegen ihres früheren Arbeitgebers, dem Savoy, und dem daraus erwachsenen Erfahrungsschatz in dem Haus eingestellt worden war, sondern aus Gefälligkeit ihrem Mann gegenüber. Aber jedes Mal, wenn ich eine besondere Lust verspüre, sie darüber aufzuklären, und als ich hier anreiste, verspürte ich diese Lust wieder, dachte ich, sie weiß es selbst ganz genau, wie es um sie bestellt ist. Vielleicht, dachte ich, bellt sie deshalb so laut. Das Haus, in dem ich also nun schon seit bald fünfundzwanzig Jahren wohne, ist ein italienisches Landhaus, das mitten in der Stadt steht. Fußgängerzone, um genau zu sein, knapp einhundertundfünfzig Meter vom Meer, fünfzehn Meter von einer Trafik, die hier in diesem Ort eine besondere Wichtigkeit für mich hat, und zehn Meter von jener Bar entfernt, in der ich mich also zum Nachdenken nieder gesetzt habe, um den Tag noch einmal in all seiner Widerwertigkeit vorbeiziehen zu lassen. Die Frau mit dem Kropf war auch wieder da, sie kam jedes Jahr und blieb den ganzen Sommer, wie ich jetzt feststellte, da ich normaler weise niemals im August hierher komme, aber in diesem Jahr ist es eine Ausnahme, und ich habe die Frau mit dem Kropf immer schon im Juni und im Juli hier sitzen gesehen und jetzt bin ich im August da und die Frau ist noch immer beziehungsweise schon wieder hier und trinkt ihren Gingerino, mit ihrem Schoßhündchen auf dem Schoß. Ich kenne die Frau mit dem Kropf schon seit bald zehn Jahren, dachte ich, aber erst seit vorigem Jahr grüßen wir einander, wenn wir uns abends in der Bar gegenüber von dem Haus zufällig sehen. Es ist seltsam, dachte ich, wir kennen Menschen ein halbes Leben lang, ohne sie jemals zu grüßen, ohne sie zu kennen, sie zu sehen. Wir sehen sie an, ohne sie zu registrieren, wir treffen sie an den unterschiedlichsten Orten, bei immer wieder kehrenden Ritualen, und sei es nur beim Zeitungskauf, und trotzdem bringen wir nie mehr als ein „Grüß Gott!" zustande. Die Frau mit dem Kropf hatte mir letztes Jahr erzählt, dass ihr Mann nun schon siebzehn Jahre lang tot sei, und dass sie seither, aufgeblüht wie eine Rose, ständig in der Welt herumführe, so die Frau mit dem Kropf. Das habe sie, als ihr Mann noch gelebt hatte, niemals machen können, denn ihr Mann, ein Schlosser, sei lieber zuhause geblieben. Mit seiner Rente macht sie sich seit bald zwanzig Jahren ein schönes Leben, dachte ich und stellte fest, dass der Schoßhund, den sie am Schoß hatte, nicht mehr derselbe war, den sie noch im letzten Jahr dabei gehabt hatte. Der ist mir weggestorben, sagte sie zu mir, als ich sie darauf ansprach. Der Neue war jedenfalls um keinen Deut schöner als der Weggestorbene, dachte ich jetzt, beides Hunde mit einer maximalen Länge von zweiunddreißig Zentimetern, also auch akut gefährdet, beim Staubsaugen übersehen und also weggesaugt zu werden, dachte ich. Seit ihr ihr Mann weggestorben sei, sagte die Frau mit dem Kropf, sei der Hund das einzige männliche Wesen in ihrer Umgebung. Was mich nicht wundert, dachte ich, sagte aber, dass sie, die Frau mit dem Kropf, bestimmt einen würdigen Nachfolger für ihren Mann, den Schlosser, hätte finden können, bei ihrem Aussehen und ihrer natürlichen Jugendlichkeit, woraufhin sich die Frau mit dem Kropf so sehr geschmeichelt gefühlt hatte, dass sie mich sogleich auf ein Getränk hatte einladen wollen, was ich aber selbstredend abgelehnt hatte, mit der Begründung, mir sei nicht gut, ich müsse zu Bett. Die Frau mit dem Kropf, ich denke sie ist Kärntnerin, bestand allerdings darauf, mich am folgenden Tag erneut einladen zu dürfen, was ich ihr versicherte.

4

Das Haus, in dem ich nun seit bald fünfundzwanzig Jahren wohne, gehört einem Ehepaar aus Gorizia, das das villenartige Gebäude über die Sommermonate, also über die Saisonmonate als Zweisternepension betrieb, wobei der Gatte der Chefin als Jurist in Gorizia tagsüber beschäftigt war und die Gattin erst am Abend in dem Ort aufsuchte, wo sie dann gemeinsam vor dem Haus oder im Erdgeschoss das Haus verwalteten und sich um die Gäste kümmerten. Ein ausgesprochen freundliches Paar, habe ich mir immer gedacht, bei dem alles in Ordnung zu sein scheint, aber daran habe ich im Grunde nie geglaubt, und seit einiger Zeit weiß ich auch aufgrund meiner immensen Beobachtungsgabe – schon meine Lehrer in der Schule sagten immer: Du hast eine immense Beobachtungsgabe – dass meine Vermutungen richtig waren. Ich habe den Jurist abends durch den Ort gehen sehen, und habe auch gesehen, wie er mit einer blonden, billig angezogenen Frau gesprochen hat, ausführlich und erregt. Ich habe sofort gewusst, wenn der Gatte der Chefin seine Frau nicht betrügt, dann würde er es wenigstens gerne tun, erinnerte ich mich jetzt. Jedenfalls brachten mich diese Beobachtungen um drei volle Nächte, in denen ich kaum geschlafen habe vor Angst, diese Beobachtungen hätten Konsequenzen und womöglich würde alles anders, wenn seine Frau, die Chefin, davon erführe. Ich habe mir ausgemalt, was gewöhnlich in solchen Situationen passiert und bin zu dem Schluss gekommen, dass die einzige Möglichkeit nach einem eventuellen Ende der Ehe zwischen der Chefin und dem Juristen nur der Verkauf des Hauses wäre und also die Inbesitznahme des Hauses durch andere Betreiber. Allein dieser Gedanke versetzte mich in helle Panik, da ich sofort wusste, wenn sich der Besitzer des Hauses ändert, werde ich nicht mehr hierher fahren können, weil ich nicht mehr das Gefühl haben werde, zuhause zu sein in der Fremde. Ich spielte diesen Gedanken immer wieder durch im Kopf und kam doch immer zu dem selben Schluss. Ich würde hier nicht mehr herfahren können, die neuen Besitzer sind womöglich unhöflich und unfreundlich, wie das meistens so ist, wenn ein geliebter Ort mit neuen Menschen durchsetzt wird und man nur mehr noch in seiner Erinnerung an diesen Ort *zu* diesem Ort gehen kann, weil einem sonst nur übel werden kann. Die neuen Besitzer würden also unfreundlich und ungehalten gegenüber Stammgästen reagieren und aus dem Haus gar ein Familienerlebnishotel machen, was es bis zum heutigen Tage nicht geworden ist, gottlob, und wogegen es sich erfolgreich gewehrt hat, das Haus, gegen diese Strömungen perverser touristischer Auswüchse, mit Whirlpool und Dampfbad und Wellnessbecken und eigener Internetseite und Biofrühstück. Die italienische Duschvorrichtung, denn als Dusche kann man sie nicht bezeichnen, ein Bidet und ein kleiner, seit Jahren versiegter Springbrunnen aus Stein im Garten des Hauses genügten einem Menschen wie mir vollkommen. Das Biofrühstück gegen die maschinell hergestellten italienischen Industriesemmeln zu tauschen machte mir angesichts der charmanten Frühstücksbedienung durch die Frühstücksfrau ebenso wenig aus und ich dachte, das hat alles seinen Reiz, das hat Charme und ich wollte es nicht missen und deshalb hatte ich drei schlaflose Nächte damals, als ich daran dachte, dass meine Beobachtungen des Gatten der Chefin des Hauses mit der billig gekleideten blonden Frau das jähe Ende meiner herrlichen Zeit in diesem Ort gewesen sein könnte, zumal ich es nicht fertig brächte, in einem anderen Haus im Ort zu übernachten, geschweige denn in einem Hotel wie dem Savoy!

5

Der Trafikant, dachte ich, sah immer schon aus wie Michel Piccoli, den ich als Schauspieler immer sehr geschätzt habe, und der Trafikant, den schätzte ich immer schon als exzellenten Trafikanten, der nicht nur Deutsch sprach, sondern auch jene deutschsprachigen Gäste erkannte, die von ihm und von keinem nicht in Deutsch angesprochen werden wollten, wozu ich mich selbst auch zähle, der ich es nie habe leiden mögen, außerhalb meines Heimatlandes in meiner Muttersprache angesprochen zu werden. Daher war es für mich unabdingbar, genau in diese Trafik, die Trafik des Trafikanten, tagtäglich hineinzugehen und meine Zeitungen zu kaufen, sei es nun der täglich gelieferte papierene Schmarren aus Österreich oder aber auch der papierene Schmarren aus Deutschland, den ich mir hier tagtäglich zum eingehenden Studium zulegte, in der Hoffnung auch einmal etwas Geistvolles zu lesen, was aber bislang schmählich enttäuscht worden war. In diesem Ort habe ich wenigstens Zeit, jeden Quadratzentimeter dieses papierenen Schmarrens zu lesen, dachte ich jetzt, als ich von der Bar, in der ich morgens auch meinen Espresso nehme, hinüber zu der Trafik sah und der Trafikant gerade eine Zigarette vor der Tür rauchte, und das, obwohl er in einer Trafik arbeitete, dachte ich, absurd! Geht er vor die Tür rauchen! Aber ich kenne selbstredend den Hintergrund, dank meiner immensen Beobachtungsgabe fand ich nämlich heraus, dass die Frau des Trafikanten, eine blonde hübsche Frau Mitte Vierzig, an schwerem Asthma litt und daher keinem Zigarettenrauch ausgesetzt werden durfte, was der Gatte respektierte und daher vor der Tür seiner Sucht nachging, was mich anfangs, als ich ihn zum ersten Mal sah, hatte glauben lassen, Michel Piccoli stünde mitten in der Fußgängerzone und rauche eine Zigarette. Was mich beinahe zu ihm hat hingehen lassen und ihn ansprechen hat lassen wollen. Der Grund, weshalb ich nun seit Jahrzehnten, jedes Jahr zu dem Trafikanten in die Trafik gehe und ihm dort Zeitungen abkaufe, ist ja überhaupt nur der, dass er vor der Tür steht und seine Zigaretten raucht und dabei aussieht wie Michel Piccoli. Ich glaube aber nicht, dass er das weiß.

6

Ich stolperte in das Haus, es muss gegen acht, halb
neun Abends gewesen sein, ich stolperte also in das Haus,
gerade aus Gorizia kommend, wo ich meinen Tag verbracht hatte, da das Wetter in dem Ort zu wünschen übrig ließ, ja gerade zu eine Fahrt nach Gorizia, also in die
Stadt, herausforderte, wie ich dachte, und mir gleichzeitig in den Sinn kam, dass ich tatsächlich nur bei Schlechtwetter überhaupt fähig war zu denken, dachte ich. Bei
Hitze war mir das Denken schon immer unmöglich gewesen, weshalb ich das Schlechtwetter also begrüßte,
nachdem ich es schon seit Wochen, seit Monaten herbei-
gesehnt hatte. Nun war es also da und ich in einem Ort,
der das Schlechtwetter hasst, der seine Existenz dem
Schönwetter und also der Hitze zu verdanken hat, und es
herrschte Schlechtwetter und ich lebte auf und begab mich
nach Gorizia. Von wo ich also am Abend zurückkehrte
und in das Haus stolperte und da saß doch tatsächlich die
Frühstücksfrau (am Abend!) und plauschte mit der Chefin, was mich sofort vor den Kopf gestoßen hatte, denn
somit sah ich meine These, welche aussagte, die Frühstücksfrau gebärde sich, als gehöre *ihr* das Haus und nicht der
Chefin, bestätigt. Jetzt war die Frühstücksfrau also auch
schon Abends im Haus zugegen, sie hat sich festgezeckt,
die Zecke, dachte ich und gleich durchzuckte mich ein
fürchterlicher Gedanke: Was, wenn die *Frühstücksfrau* im

Fall des Falles einmal das Haus übernehmen würde? Ich hatte diesen schlimmsten Fall aller Fälle noch nie zuvor in Betracht gezogen, jetzt aber machte er mir Angst, als ich die Frühstücksfrau vertraut mit der Chefin habe plaudern sehen und als sie mich bemerkten, fragten sie mich sogleich über den Verlauf meines Nachmittags aus und ich sagte, ich sei in Gorizia gewesen, worauf hin die Frühstücksfrau gellend auflachte und sagte, in Gorizia ist alles um die Hälfte billiger, wissen sie, sagte sie, und ich dachte, das weiß ich selbst, ich komme gerade von dort und habe es selbst gesehen, aber ich sagte es nicht, ich dachte es nur. Ich sagte, man müsse für Abwechslung sorgen, irgendeine unverfängliche Phrase, die die beiden hat auflachen lassen (erneut gellend: die Frühstücksfrau) und die mir die Möglichkeit bot, mich raschest in mein Zimmer zurückzuziehen. Später bin ich dann mit einem Schirm, den mir die Chefin dankenswerterweise geliehen hatte, noch ein wenig durch die verregnete Altstadt gegangen und habe in einer Bar, nicht in meiner gewöhnlichen Bar, sondern in einer anderen Bar ein Bier genommen in der Absicht, einmal für *Abwechslung* zu sorgen, die ich zuvor bei der Frühstücksfrau und der Chefin propagiert hatte. Neben mir am Tisch saßen zwei Ehepaare, beide in ihren Vierzigern, dachte ich, als ich feststellte, dass die beiden Ehepaare, also Mann eins und Frau eins, sowie Mann zwei und Frau zwei, überhaupt nicht zueinander passten, wie sie redeten und sich bewegten und wie sie aussahen. Mann eins hatte dichtes graues Haar und sah aus als hätte er ein Nest auf, Frau eins hatte braunes, offensichtlich gefärbtes, dünnes Haar, Mann zwei bekam gerade eine Glatze, man konnte die Haare förmlich auf den Boden fallen sehen, bei jeder Bewegung ließ Mann zwei Haare und auf dem Boden bildete sich bald ein Haarberg, den man vom Friseur her kennt. Frau zwei hatte die gleiche Frisur und die gleiche borstige Haarbeschaffenheit wie Mann eins und ich dachte, *die* beiden sollten miteinander verheiratet sein! Aber ich verwarf diesen Gedanken schnell wieder, da man ja üblicherweise sagt, Gegensätze würden einander anziehen und Gleichheiten einander abstoßen. Aber allein der Gedanke, dass Mann eins mit Frau zwei, bereitete mir großes Vergnügen, sodass ich noch ein zweites Bier nahm, um mir das Spektakel länger ansehen zu können. Man stelle sich vor, dachte ich, in diesen Ort sind die zwei befreundeten Paare schon seit zwanzig Jahren gekommen, so lange wie ich, und haben hier am Strand ihre Kinder groß werden sehen und haben auch den Zeitpunkt gemeinsam erlebt, als die Kinder nicht mehr haben mitkommen wollen, und sie also zwecks nostalgischer Erinnerungen allein ohne Kinder hierher gekommen sind und es fortan tun. Das ganze Leben lässt sich mit wenigen Dingen erklären, an wenigen Dingen festmachen, dachte ich, an dem Heranwachsen der Kinder, und dem darauffolgenden Zelebrieren des Lebensabends, auf den man das ganze

Leben lang begierig hinarbeitet, wie ich jetzt dachte. Das ganze Leben der beiden Paare war mir augenblicklich wie ein offenes Buch, es lag vor mir, völlig klar, simpel, durchkonstruiert, vorgegeben. Und ich musste mein zweites Bier rasch hinunter stürzen, da mich plötzlich eine Übelkeit überkam, die ich mir nicht erklären konnte. Auf dem Weg zurück zu meinem Haus bemerkte ich beim genaueren Hinsehen, dass die meisten hier herumlaufenden Menschen Teile einer Familie waren, und ich dachte, genau dieser Ort ist der ideale Familienort, an den Familien kommen, um sich gegenseitig auf die Nerven zu fallen, eine Woche oder zwei. Ich dachte, damit hat dieser Ort ein beschränktes und schrumpfendes Zielpublikum, da heutzutage, liest man, ohnehin schon jede zweite Ehe geschieden würde und dem Ort, so war meine nächste Befürchtung, über kurz oder lang die Gäste abhanden kommen würden. Die Befürchtung wendete sich aber schnell in Beglückung, da ich jetzt von einem familienfreien Ort träumte, in dem ich Abends allein am Meer entlang gehen und den Fischerbooten dabei zusehen könnte, wie sie die gefangenen Krabben an Bord ziehen.

7

Mein Tagesausflug nach Gorizia war bestimmt
davon, in die Stadt zu fliehen, wie ich jetzt bemerkte, und
ich wunderte mich, da ich erst den dritten Tag in diesem
Ort gewesen war und schon wieder nichts lieber gehabt
hatte, als in die Stadt zu fliehen, unter Menschen. Ich dachte,
daran ist sicher die Frühstückszecke schuld, die mir den
Tag am Meer versalzte, regelmäßig, und ich wischte den
Gedanken an die Frühstückszecke wieder weg und versuchte krampfhaft an die verregnete Gegend nördlich
des Ortes zu denken, an das von Maisfeldern durchdrun-
gene Friaul, das sich in dieser Region, abgesehen von den
Bauwerken und den Straßenbeschilderungen kaum vom
südlichen Niederösterreich unterschied, dachte ich. In
Gorizia deckte ich mich zunächst mit einigen Zeitungen
ein, die ich sodann in einem Cafe' studierte, wobei ich
darauf gekommen bin, dass mein Leben ohne bedruck-
tes Papier überhaupt nichts, rein *gar nichts* wert wäre, dachte
ich. Ich muss täglich die Zeitungen studieren, sonst ver-
falle ich in tiefe Depressionen, dachte ich, und ich fand
heraus, dass es mir gar nicht darauf ankam, den Inhalt
der Zeitungen zu lesen, was auch erklärte, weshalb ich
trotz meines schlechten Italienisch gleich mehrere italienische Tageszeitungen gekauft hatte. Vielmehr die Form ist
es, die mich fasziniert, die Form und das Papier und der
Geruch der Druckerschwärze, dachte ich und spielte ge-

danklich alle Gerüche durch, die ich heute in Gorizia in dem Café gerochen hatte in den Zeitungen. Il Piccolo riecht abstoßend, dachte ich, genauso der Messaggero Veneto, der aber, wie ich mich erinnerte, das kompaktere Erscheinungsbild hatte, was seinen abscheulichen Geruch kompensierte. Unschlagbar hingegen waren für mich der Corriere della sera und La Stampa gewesen, die ich vor Geruchsfreude fast hätte aufessen wollen, wie ich mich jetzt erinnerte, und gleichzeitig dachte ich, es macht dir nur große Freude, Zeitungen zu riechen, wenn du zeitgleich auch einen caffe' genießen kannst und beides zusammen erklärt womöglich die Kaffeehaustradition der Wiener, überlegte ich jetzt, was mir aber am Ende doch ein wenig weit hergeholt vorgekommen ist. Die bedruckten Seiten studierend und also auch riechend, saß ich in einem Café in Gorizia und stellte fest, dass es auch hier in Strömen goss, ich aber keinen brauchbaren Schirm bei mir gehabt hatte, womit ich meine, dass ich den Schirm, den mir die Chefin dankenswerterweise geliehen hatte, im Auto habe liegen lassen und ohne los bin und es *dann erst* zu regnen begann und ich selbstredend nicht in die Schirmverkäuferfalle tappen wollte, die sich immer dann auftut, sobald ein Regentropfen aus dem Himmel fällt, dann stehen überall die Schirmverkäufer an illegalen Schirmverkäuferplätzen und verkaufen Schirme für fünf Euro, die in der Regel nichts wert sind, wie ich jetzt dachte. Besonders viel konnte ich also nicht von Gorizia mit bekommen, da ich im strömenden Regen nach dem Studium der Zeitungen nur mehr noch in völliger Auflösung zu meinem im Halteverbot geparkten Auto gelaufen bin und dort, dank des Regens, keine Verkehrsstrafe vorfand. Die italienischen Polizisten sind doch wie die österreichischen Polizisten, dachte ich, zumindest was das Wetter betrifft: Regnet es oder schneit oder stürmt es, kann ich mein Auto getrost im Parkverbot abstellen, denn bei Schlechtwetter wagen sich die Polizisten weder in Italien noch in Österreich aus dem Haus. Aber sonst, dachte ich, als ich den Wagen anließ, haben die italienischen Polizisten mit den österreichischen nichts gemein, die italienischen Polizisten haben keine Bierbäuche und zudem erinnerte ich mich an eine Episode aus dem Vorjahr, bei der ein junger Mann mit seinem Moped in die Fußgängerzone des Ortes eingefahren war, offensichtlich um bei einem Eisgeschäft ein Paket abzugeben, ohne allerdings mit einzuberechnen, dass die *polizia municipale* gleich in der Gasse neben dem Eisgeschäft auf illegale Fußgängerzoneneinfahrer lauerte (es herrschte Schönwetter). Die zwei weißbehelmten Polizisten verlangten dem jungen Mann einen Ausweis ab und nahmen ein Protokoll auf, der junge Mann wehrte sich aber in schwallartig hervorbrechendem Italienisch, worauf hin die beiden Polizisten mit dem erhobenen Zeigefinger eine Ingewahrsamnahme androhten, was den jungen Mann hat kurz verstummen lassen. Doch zu diesem Zeitpunkt hat der junge Mann schon so viel Aufsehen erregt gehabt, dass hinter den beiden Polizisten plötzlich zwei weitere von der Truppe der *polizia municipale* aufgetaucht sind, wie ich mich jetzt erinnerte. Wahrscheinlich hatten die beiden Polizisten zuvor Verstärkung angefordert, das kann ich nicht sagen. Kaum zwei Minuten später fuhren zwei auf Motorrädern sitzende Polizisten der *Polizia* an den Kollegen vorbei, die noch mit ihrer Amtshandlung beschäftigt waren und die Anwesenheit der *Polizia* nur mit einem kurzen Nicken registrierten. Zu allem Überfluss bemerkte ich nun noch ein dunkelblaues italienisches Fahrzeug im Hintergrund, welches sich langsam näherte und die Aufschrift *Carabinieri* trug, mit zwei bekappten Polizisten, die beim Ort der Amtshandlung anhielten und mit einem prüfenden Blick auf die weißbehelmten Polizisten und einem kurzen Nicken weiterfuhren. Ich habe die Beobachtung an dieser Stelle, an dieser Komödienstelle, abgebrochen, und gedacht, es fehlt nur mehr noch die *polizia stradale*, dann ist der Tag des jungen Mannes wert, verfilmt zu werden. Zu dem Zeitpunkt überkam mich das schreckliche Gefühl, in Italien werde für Recht und Ordnung gesorgt, was ich ganz und gar nicht als passend für dieses Land empfand.

8

Als ich mich also rasch auf mein Zimmer zurück-
gezogen hatte, nachdem ich den Fängen der Frühstückszecke entkommen war, beschloss ich, den Abend trotz
der heftigen Regenfälle nicht in dem Haus zu verbringen,
da mich die bloße Anwesenheit der Frühstückszecke an-
widerte, weshalb ich kurze Zeit später das Haus verließ
in der Hoffnung, mich unter fröhliche, positive Menschen
mischen zu können und mich also in eine Art Nachtclub
begab, wo ein Bier fünf Euro kostete, mir aber ohnehin
der Tag durch den abendlichen Auftritt der Frühstückszecke verdorben worden war und ich also keine Beden-
ken hatte, das Geld dafür aufzubringen. Ein Schwall junger, jüngster Menschen tanzte sich die Füße wund und
ich sah aus einer sicheren Distanz zu, und bekam den
Eindruck, dass hier alles steril auf mich wirkte, ohne
Schmutz und ohne Schweiß und ohne Katerstimmung,
die ich aus österreichischen Nachtclubs gewohnt war. Die
italienische Jugend tanzt und tanzt und tanzt ohne sicht-
bar zu schwitzen, dachte ich und ohne Alkohol zu trinken und auch nach zwei Stunden Tanzen sahen die jungen Menschen noch immer so gepflegt aus, als hätten sie
gerade eine Stunde im Badezimmer vor dem Spiegel
verbracht und ich genoss diesen Anblick, da ich von der
Heimat anderes gewöhnt war. Bei uns, dachte ich, herrscht
Schlampigkeit in jeder Phase des Alltags, bei uns herrscht

der achtlose Umgang mit sich selbst und also auch mit seinen Mitmenschen, aber hier bot sich mir ein Bild wie in den italienischen Hochglanzmodemagazinen, die ich wegen ihres bleihältigen Papiers und des dadurch entstehenden Geruchs besonders schätzte. Die italienischen Frauen, dachte ich jetzt, sind die edelsten Geschöpfe der Welt, nicht so wie die österreichischen, von denen man etliche getrost als Ratten bezeichnen kann, dachte ich jetzt, denn was dir zu Hause als edel und sauber vorkommt, das verwandelte sich vor dieser Kulisse der italienischen Frauen in eine stinkende Mülldeponie. Schönheit, dachte ich, ist nicht das Wichtigste, viel wichtiger war, *wie* eine Frau auftrat und worin und mit welcher Anmut, denn die italienischen Frauen, bemerkte ich jetzt, hatten einen ganz anderen Gang als die österreichischen, sie schlurften nicht dahin, sie gingen aufrecht, sie tanzten aufrecht, sie sprangen aufrecht, sie hielten sich gerade und sie kehrten ihre Weiblichkeit hervor, dachte ich jetzt und fragte mich, ob meine Beobachtungen klischeehaft wären, was ich sogleich wieder verwarf, da eine Gruppe Österreicherinnen das Lokal betrat und ich sofort, mit einhundertprozentiger Sicherheit sagen konnte, dass es sich um Österreicherinnen handelte, noch bevor ich sie sprechen hörte, konnte ich das sagen, denn niemand sieht vor dieser Kulisse so ungepflegt und also rattenhaft aus wie die Österreicherinnen und die Deutschen, dachte ich. Und sie sind sich dessen nicht bewusst, dachte ich weiter und

sah mich selbst an und bemerkte, dass auch ich ein Österreicher war und niemals ein Italiener würde sein können, ich aber dennoch mit Genugtuung von dem Ratten-
nest weg, hin zu den vollkommenen Formen der Italie-
nerinnen sah, nur mehr noch einen Gedanken im Sinn
habend, nämlich, dass die deutsche Frühstückszecke, obwohl sie wiederholt behauptet hatte, Italienerin zu sein,
nie eine solche werden würde.

9

Es war für mich ein ganz besonderes Hochgefühl, an diesem Tag am Strand zu liegen, denn das Wetter hatte mir anfangs mit starkem Regen angekündigt, ich solle den Tag doch lieber in Triest verbringen, war dann aber doch noch gnädig und stellte sich in etwa auf dreiundzwanzig, vierundzwanzig Grad ein, was gerade genug war, um mich davon zu überzeugen, an den Strand zu gehen und gerade zu wenig war, um die Touristenmassen, die an diesem Sonntag den Ort überschwemmten, davon zu überzeugen, an den Strand zu gehen. So gehörte der Strand, das Meer !, also mir ganz alleine, was ich über alle Maßen genoss und der hohe Wellengang und die frische Brise und die Sonneneinstrahlung bescherten mir ein Glücksgefühl, wie ich es seit meiner Ankunft hier nicht erfahren hatte. Die hirnlosen Touristen, dachte ich, fahren mit Kind und Kegel ans Meer, aber bei dreiundzwanzig, vierundzwanzig Grad ist es ihnen zu kalt und sie hüllen sich in Ganzkörperdecken und dicke Jacken und machen ein Gesicht, als wären sie in einem sibirischen Winter zur Kur, dachte ich und dachte auch, dass mir das, wie schon gesagt, ja zum Guten gereichte indem es mir ein Glücksgefühl verschaffte. Der Herr über den Strand, der Strandherr, der Herr über das Meer, der Meerherr, dachte ich, während mir etwa fünfzig Meter von meiner Position am Strand, am Meer !, die Frau mit dem Kropf aufgefallen war, die sich, als einzige, ebenso an das Meer getraut hatte und die auch ihre Tochter bei sich gehabt hat, von der ich jetzt dachte, dass man auch bei ihr schon die Neigung zum Kropf beobachten konnte, und das über eine Distanz von fünfzig Metern! Ich war bereits fluchtbereit, als ich bemerkte, dass die Frau mit dem Kropf und die Tochter der Frau mit dem Kropf nicht näher kamen, sondern in dieser für mich angenehmen Distanz von fünfzig Metern verweilten. Ich kehrte gegen halb sechs in mein Haus in der Fußgängerzone zurück und musste mich regelrecht durch die Menschenmassen kämpfen auf dem Weg dorthin und war am Ende geschafft wie nach einer vierstündigen Bergwanderung, dachte ich und als ich das Haus betrat, sah ich auch schon die Frühstückszecke, die in meinen Gedanken langsam zur Ganztageszecke mutierte, wie sie Rechnungen ausstellte und unterschrieb! Und ich dachte bei mir, das gibt es nicht, dass die Frühstücksganztageszecke jetzt schon an der Chefin statt die Rechnungen ausstellte und unterschrieb. Der Vorteil war, dachte ich, wenn sie die Rechnungen ausstellte, dann würde sie mich nicht bemerken, wenn ich mich in das Haus auf mein Zimmer stehlen würde, doch damit hatte ich Unrecht, denn sobald ich an ihrem Verschlag, in dem gewöhnlich die Chefin sitzt, vorbeigegangen war, rief sie mir nach, der Sonntag in diesem Ort sei schon immer unausstehlich gewesen, womit sie nicht unrecht hatte und ich ihr also, wie ich jetzt mit

Erschaudern feststellte, bereits zum zweiten Male recht geben musste, und ich sagte, es mache mir nichts aus, solange die Menschenmassen nur nicht an den Strand kämen, und sie sagte, morgen um die gleiche Zeit sei der Ort wieder menschenleer und die Tagesausflügler seien spätestens heute Abend wieder heimgekehrt, was mich zuversichtlich stimmte, den Abend doch noch unter einigermaßen erträglichen Umständen verbringen zu können. Es war das erste Mal, dachte ich, dass die Frühstückszecke meine Auffassung teilte, und mir also in diesem Augenblick geradezu sympathisch erschien in ihrer graugestreiften Kombineige und mit ihren zotigen Rattenhaaren. Frischen Mutes nahm ich eine Dusche in meinem Zimmer und begab mich dann zwecks Einnahme eines Aperitifs in meine gegenüber dem Haus gelegene Bar, wo ich selbstredend und naiv wie ich war, der Frau mit dem Kropf und der Tochter der Frau mit dem Kropf in die Arme lief und also nicht mehr auskonnte, mich von ihr zu einem Aperitif einladen zu lassen, den ich allerdings in Windeseile hinuntergeschüttet habe, nur um gleich wieder fortzukommen, was mir auch in der respektablen Zeit von zirka fünfzehn Minuten gelang. Fünfzehn Minuten, dachte ich, was sind schon fünfzehn Minuten gegen einen ganzen Tag, an dem ich ein außerordentliches Glücksgefühl hatte erfahren dürfen, das selbst dadurch nicht mehr verdorben werden konnte, dass man in dem Restaurant, in dem ich auch an diesem Abend wieder gespeist hatte, die kleine Carlotta wie eine Schaufensterpuppe durch das Lokal getragen hat und dass Carlotta in lautes Geplärr ausbrach, als man mir gerade meine Spaghetti mit Lachs servierte und nicht eher mit dem Geplärr aufhörte, als ich mit meinen Lachsspaghetti fertig war und ich also verplärrte Lachsspaghetti hatte essen müssen, was mich aber keineswegs wütend stimmte, sondern was mich beim Verlassen des Restaurants noch zu der kleinen Carlotta hat hingehen und der dabeistehenden Mutter hat sagen lassen, wie goldig die kleine Carlotta aussah in ihrem rosa Häubchen.

Ich ging auf der Promenade, die entlang des Meeres führte, mit Vorliebe nach dem Essen noch eine Weile, und an diesem Abend war ich besonders gehfreudig, hatte aber nicht mit dem plötzlich wieder einsetzenden Regen gerechnet und wurde darob schrecklich nass bis an die Zehenspitzen, wörtlich, denn meine Schuhe hatten ein Leck bekommen und das Wasser saugte sich in das Innere meiner Schuhe und zog sich von den Zehenspitzen bis zur Wade hinauf, und ich dachte, wie unangenehm also Regen war, wenn er sich an der Kleiderinnenseite verbreitete, was überlicher weise unüblich war. Hätte ich auf die Frühstückszecke gehört, die mir noch einen Schirm angeboten hatte, bevor ich gegangen war, erinnerte ich mich jetzt, das Hochwasser in meinem Schuhwerk hätte sich trotzdem nicht vermeiden lassen. Wenn ich mich richtig erinnere, hatte die Frühstückszecke auch noch gesagt, in diesem Schuhwerk wollen sie außer Haus gehen, das kann nicht ihr ernst sein, sagte sie und ich dachte, jetzt wird sie mir schon persönlich und bald wird sie früh morgens in mein Zimmer stürmen und mir meine Tagesgarderobe zusammenstellen und ich marschierte also, ungeachtet ihrer Warnungen los und kann gottlob sagen, dass sie sich nicht mehr im Haus befand, als ich gegen Mitternacht die Tür aufschloss und ich mich triefend nass die Stufen zu meinem Zimmer hinauf schleppte, denn wäre sie noch im Haus gewesen, sie hätte mir eine Predigt gehalten oder hätte mich womöglich *ausgelacht* mit ihrem gellenden Gelächter! In Österreich, las ich am nächsten Morgen in der Zeitung, war Katastrophenalarm ausgerufen worden, weil sämtliche Bäche und Flüsse in Ober- und Niederösterreich über die Ufer getreten waren und die Muren- und Hochwassersaison voll in Gang kam und wieder Tausende obdachlos werden würden und die Politiker wieder rasche Hilfe versprachen und die Versicherungen, in die man jahrzehntelang einbezahlt hatte, sich auf die *höhere Gewalt* beriefen um sich vor der Auszahlung von Schadenersatz zu drücken, und ich dachte, da hast du mit dem Hochwasser in deinem Schuhwerk noch gründlich Glück gehabt. Die Sommerthemen in den Medien in Österreich waren schnell gefunden, dachte ich: das Hochwasser war ein dankbares Thema, immer schon, auch die Sommergespräche mit Politikern, und beides in Kombination ergab den größten Lesegenuss, gepaart mit den Fotos der Politiker, die trotz Sonntag, trotz Familienfeier und trotz Sauwetter, *eiligst*, wie es immer heißt, an den Unglücksort pilgern und ihr *Mitgefühl aussprechen*. Bei soviel Heuchelei wurde es mir speiübel und ich legte die Zeitungen weg und entschied mich kurzerhand, ans Meer zu gehen, wo es eine angenehme, reinigende Brise hatte. Selbstredend traf ich wieder auf die hektisch fuchtelnde Person, die schon vor einigen Tagen wild mit dem Telefon geschrieen hatte und deren Urlaubsleid ich heute noch auswendig konnte, und von der ich plötzlich dachte, dass sie nicht älter als vierzig sein konnte, wiewohl sie um gute zehn Jahre älter ausgesehen hat, wahrscheinlich weil sie sich soviel ärgert, dachte ich und sah ihr dabei zu, wie sie ihre drei kleinen Kinder versorgte, während ihr Göttergatte bequem auf dem Liegestuhl lag, den *Kurier* (eine abscheuliche Zeitung!) las und eine Zigarette nach der anderen rauchte. Glücklicherweise war ich nicht mehr in der ersten Reihe, also in unmittelbarer Nähe dieser Familie, da die ersten beiden Schirmreihen durch die Unwetter der letzten Tage ein Raub des Meeres geworden waren und ich also in die vierte Reihe habe umziehen müssen, was ich begrüßte. Das sind Wiener, dachte ich also aus vornehmer Distanz, die unter Garantie Passat- oder Audi-Fahrer sind, und die, bevor sie über die Grenze nach Italien fuhren, mit Sicherheit noch an der Raststation Dreiländereck stehen geblieben sind und sich fünf Wiener Schnitzel bestellten, um ja noch genug Heimisches mitzubringen für die italienischen Kläranlagen, dachte ich. Da aber auch in dem Ort, in dem ich mich nunmehr seit einigen Tagen zu entspannen versuchte, an jeder Ecke und also in jedem Restaurant ein Wiener Schnitzel angeboten wurde, wie mir jetzt einfiel, nur dass es hier *Milanese* hieß, verstand ich nicht, weshalb es gerade Passat- oder Audifahrer waren, die an der Raststation Dreiländereck hielten, um dort ihr letztes Schnitzel zu essen, aber das war wahrscheinlich der Henkersmahlzeiteneffekt, überlegte ich jetzt, da sich viele Österreicher, gerade in diesem Ort, nicht darüber trauten, ein Milanese zu bestellen, da die Österreicher bekanntlich als *italophiles* Volk gelten und also im Ausland, also in Italien, nicht wollen, dass die Italiener merken, dass sie *keine* von ihnen waren. Und ich dachte, die Raststation Dreiländerecke war ihre letzte Möglichkeit, ein Wiener Schnitzel zu essen, um in Italien nicht weiter aufzufallen (was dennoch zu einhundert Prozent misslingt!). Die Raststation Dreiländerecke war also über den Sommer wahrscheinlich der Wiener Schnitzel-Verkäufer Nummer eins, dachte ich und womöglich würden hier mehr Schnitzel verkauft als in Wien, wobei ich selbstredend nur an die von Wienern in Wien verspeisten Schnitzel dachte, nicht an die der Touristen in Wien. Ich hatte beim Anblick der hektischen Frau und ihres stoischen Mannes tatsächlich Hunger bekommen und ging zur nächsten Strandbude, wo ich mir ein *panino dakota* bestellte, welches sich als seltsame, eigenwillige Kreation herausstellte, die mit einem echten Wiener Schnitzel also keinesfalls vergleichbar gewesen wäre.

11

Ich hatte eine schreckliche Nacht gehabt, ich bin um vier Uhr fünfundvierzig aufgeschreckt und habe danach nicht mehr einschlafen können, weil ich über meinen Albtraum, den ich zwischen Mitternacht und vier Uhr fünfundvierzig gehabt hatte, nachgedacht habe und darauf gekommen bin, dass es der schlimmste meiner Albträume – aller (!) meiner bisher geträumten Albträume – gewesen ist. Ich saß mit der Frau mit dem Kropf gemeinsam in einer Bar, ich weiß nicht welche Bar es gewesen ist, aber es war mit an Sicherheit grenzender Wahrscheinlichkeit nicht *meine* Bar gewesen, und wir tranken gemeinsam einen Gingerino und, nein, das alleine war noch nicht der Höhepunkt meines Albtraumes, denn dann gesellte sich noch die Tochter der Frau mit dem Kropf zu uns und auch die hektische Frau vom Strand, allerdings ohne ihre Kinder, nur mit ihrem Telefon und sie wählte eine Nummer und ich bemerkte, dass mein Telefon zu läuten begann und ich aber keine Anstalten unternahm, es abzuheben und die Frau mit dem Kropf und die Tochter der Frau mit dem Kropf nahezu *unisono* auf mich einredeten, ich solle doch das Telefon beantworten, worauf hin ich auf den Auflegeknopf meines Telefons gedrückt habe, um den Anruf abzuwehren, aber das Telefon hat munter weitergeläutet und wurde immer lauter und dann stand augenblicklich die Frühstückszecke vor

mir und der Frau mit dem Kropf und der Tochter der
Frau mit dem Kropf und der hektischen Frau vom Strand
und sagte, sie könne bei dem Lärm, den das Läuten meines
Telefons verursachte, nicht schlafen, und sie forderte mich
auf, das Telefon zu beantworten, worauf hin ich mich
entschieden wehrte, und also aufsprang, um meine Macht
zu demonstrieren, doch meine Stimme brachte keinen
Laut hervor, ich war plötzlich mundtot gemacht worden von der Frau mit dem Kropf und der Tochter der
Frau mit dem Kropf und der hektischen Frau vom Strand
und der Frühstückszecke und da saß plötzlich die kleine
Carlotta auf meinem Schoß und lachte mich an und im
Hintergrund spazierte der blinde Luftballonverkäufer
vorbei und als er in der Höhe der Frühstückszecke ange-
langt war, stellte sie ihm ein Bein und er fiel hin und all
seine einhundert Luftballons zerplatzten gleichzeitig, was
einen unheimlich lauten Knall verursachte, der, wie ich
jetzt denke, die Frühstücksfrau hat augenblicklich taub
werden lassen und sie also in aller Ruhe hätte weiterschlafen
können, ohne Gehör. Doch das konnte ich nicht mehr
nachprüfen, da es schon vier Uhr fünfundvierzig war und
ich also aufschreckte in dem Glauben, mit dieser Geschichte würde ich es auf den Titel der *Kronen Zeitung*
schaffen, gänzlich unfreiwillig allerdings, wie ich jetzt dachte, und der Titel würde ungefähr so lauten: *Blinder Ballon-
verkäufer in Oberitalien brutal misshandelt* und ich würde auf
dem Foto hinten links zu sehen sein, wie ich mit weit

aufgerissenem Mund da saß. Den blinden, zu Fall gebrachten Luftballonverkäufer gab es tatsächlich, wie mir jetzt einfiel und ich erinnerte mich daran, wie sehr er im Vorjahr darunter gelitten hatte, blind zu sein (und es möglicherweise noch immer tat). Der blinde Luftballonverkäufer hatte einen fahrbaren Stand, an dem etwa einhundertfünfzig mit Gas gefüllte und also zum Himmel aufsteigende Luftballons befestigt waren und er stand in der Fußgängerzone jeden Tag ab zirka acht Uhr Abends und bot seine Luftballons zum Kauf an, was viele Kinder in dem Ort, die die Ballons sehen konnten, was der blinde Luftballonverkäufer nicht konnte, bei ihren Eltern hat betteln lassen und diese schließlich einen Luftballon erstanden, wodurch der blinde Luftballonverkäufer jeden Tag mit nur mehr rund einhundert Luftballons nach Hause gegangen ist. Ich habe mich immer gefragt, ob der blinde Luftballonverkäufer die fünfzig Ballons tatsächlich verkaufte, oder ob ihm, seine Blindheit schamlos ausnutzend, nicht die widerwärtigen Touristen die Ballons einfach von seinem Stand stahlen, was er zwar mitbekommen musste, da er ein exzellentes Gehör und einen ausgeprägten Bewegungs- und Gleichgewichtssinn gehabt hatte und daher jede noch so geringe Regung der Luft hatte spüren müssen um ihn herum, was er aber nicht hätte verhindern können, da seine Rundumschläge wohl ins Leere gegangen wären. Eine Zeit lang dachte ich gar, der blinde Luftballonverkäufer sei gar nicht wirklich blind, sondern spielte den Leuten nur Theater vor, doch als ich ihn eines Abends beobachtete, wie er seine Kinder, die einhundert bunten Ballons, nach Hause brachte, bemerkte ich, dass ich unrecht hatte. Der blinde Luftballonverkäufer ging mit seinem Blindenstock schnellen Schrittes durch die Fußgängerzone und zog hinter sich seinen fahrbaren Stand her. Ich sah, wie er leicht die Lippen bewegte und dachte, er zählt die Schritte bis zu dem Platz, an dem er seine Ballons deponierte und ich folgte ihm unauffällig, was gegen halb zwölf gewesen sein muss. Offenbar hatte sich der blinde Luftballonverkäufer bei seinen Schritten verzählt, denn nach ungefähr einem Kilometer, den er nun zurückgelegt hatte, verfehlte er die Hauseinfahrt, in der er normalerweise seine Ballons abstellt, um etwa drei Meter, er bog also um drei Meter zu spät nach links ab und landete in einem zu diesem Zeitpunkt bereits menschenleeren Ristorante am Ende der Fußgängerzone, welches zahlreiche Tische im Freien aufgestellt hatte, die für den blinden Luftballonverkäufer und seinen fahrbaren Stand nun zum Irrgarten wurden, und er sich immer tiefer hineinverstrickt hat in das Labyrinth aus Stühlen und Tischen und er mir jetzt leid tat, wie er verzweifelt mit dem Blindenstock fuchtelte und einige seiner Ballons, nämlich die, die am höchsten aus dem Bouquet seines Standes hervorragten, in die noch nicht erkaltete Stechmückenabwehrvorrichtung kamen und dort ob der Hitze mit einem lauten Knall zerplatzten und sich in dem Gesicht des blinden Luftballonverkäufers nur mehr noch Trauer, Wut und Verzweiflung abspielten und ich also hin bin und ihm heraushelfen habe wollen, worauf hin mich der blinde Luftballonverkäufer zurückstieß und irgendetwas für mich Unverständliches sagte und ich also von ihm abließ und schnell davoneilte, nicht wissend, wie viele seiner Kinder noch heil daheim angekommen sind.

12

Nach meinem Albtraum hatte der darauffolgende
Tag etwas Versöhnliches an sich, und ich nahm mir vor,
gegen nichts und niemanden Groll zu hegen wegen meiner furchtbaren Nacht, die, wie ich dachte, nicht ich zu
verschulden hatte, sondern die Frau mit dem Kropf und
die Tochter der Frau mit dem Kropf und die hektische
Frau vom Strand und die Frühstückszecke. Ich dachte,
ich würde all diesen Personen heute nur mit einem Lächeln begegnen, was mir auch – bis auf die Frühstückszecke – lückenlos gelang, denn der Frau mit dem Kropf
und der Tochter der Frau mit dem Kropf schenkte ich
ein sanftes Gutenmorgenlächeln, was beide mit einem
Einenschönentagnochlächeln quittierten. Der hektischen
Frau vom Strand schenkte ich die von mir ausgelesene
Welt, die ich ihr mit den Worten *Sonst hätte ich sie wegge-
schmissen* überreichte, in der Hoffnung, sie wäre dann mit
der *Welt* eine Weile beschäftigt und würde also Ruhe geben und nicht hektisch am Strand auf und ab wetzen,
was sich aber als fataler Irrtum herausstellte, da die hektische Frau aus Freude darüber, dass ich ihr die von mir
ausgelesene *Welt* überließ, in einem Moment der Unacht-
samkeit ihr Telefon aus der Hand und also in den Sand
fallen ließ, worauf hin dieses den weiteren Dienst ver-
weigerte und die hektische Frau noch hektischer wurde,
weil sie nun nicht mehr *erreichbar* wäre, wie sie jetzt her-
umschrie und ich mir also mit meiner *Welt*verschenkungs-

aktion ein Eigentor geschossen hatte, wie ich jetzt dachte, da ich in meinem Restaurant saß und einen Branzino vom Grill bestellt hatte, mit Bratkartoffeln aus dem Pizzaofen. Der bucklige Alte und seine faltige Frau waren auch wieder da, bemerkte ich gerade, sie waren eigentlich immer da, stellte ich nun fest und sah seiner Frau ins Gesicht, zum ersten Mal, denn bislang hatte ich sie immer nur von hinten sehen können, aber heute sah ich ihr ins Gesicht und sah Abermillionen Falten und dachte, die Frau muss mindestens einhundertzwanzig Jahre alt sein, oder zumindest so lange gelebt haben, was ja nicht das selbe war. Der bucklige Alte und seine faltige Frau bestellten immer, wenn sie in meinem Restaurant aßen, also bald täglich, frische Muscheln aus der Lagune, die ich mich niemals zu essen getraut hätte wie ich nun dachte und mich sogleich als Feigling hätte bezeichnen wollen, denn die Muscheln aus der Lagune genossen den besten Ruf, *wenn sie frisch sind*, hat die Frühstückszecke einmal zu mir gesagt. Denn wenn sie nicht frisch sind, dann landen die Leute im Spital, sagte die Frühstückzecke zu mir. Ich kannte einen Fall, sagte sie, bei dem der Ehemann die schlechten und die Ehefrau die guten Muscheln erwischt hat und er ist noch am selben Tag an einer Muschelvergiftung gestorben, sagte die Frühstückszecke und die Ehefrau hat ihn noch um sieben Jahre überlebt und starb dann an einem Darmverschluss, was meinen Entschluss, lieber ein Feigling zu sein und die Muscheln nicht zu bestellen, festigte und ich daher mit großem Appetit auf meinen Branzino wartete (erneut mit dem schalen Beigeschmack, dass es einmal mehr die Frühstückszecke gewesen war, die mich zur Vernunft brachte). Der bucklige Alte und seine faltige Frau genossen unterdessen ihren Muschelberg und ich dachte, die beiden müssten bereits einen unglaublich großen Muschelberg beheimaten, nach all den Muscheln, die sie tagtäglich in sich hineinstopften. Sie müssten einen wahren Muschel*friedhof*, dachte ich jetzt, beheimaten. Im Spital, hörte ich jetzt die Frühstückszecke in meiner Erinnerung sagen, sei dem muschelvergifteten Ehemann noch der Magen aufgeschnitten worden und man habe einige der Muschelreste auch noch entfernen können, aber jede Hilfe kam zu spät. Ich selbst, dachte ich, hatte zuletzt vor sieben oder acht Jahren Muscheln gegessen, und da habe ich sie auch nur *probiert*, ein oder zwei, aber keine ganze Portion. Ich habe Muscheln solange ich denken kann verabscheut, Lebewesen, die sich in harte Schalen zurückziehen, habe ich immer schon verabscheut. Das konnte bei meinem Branzino nicht passieren, dachte ich, und doch landete dieser Fisch, ebenso wie die Muscheln, auf den Speisetellern der Touristen. Die Leidtragendste an der Muschel- und Fischgeschichte muss aber die Kellnerin in dem Restaurant gewesen sein, die ich als schwer magersüchtig einstufte, und die sich für ihre Krankheit, wie ich jetzt dachte, den wohl geeignetsten Beruf ausgesucht hat.

13

Das große Grauen überkam mich, als mir die Frühstückszecke in all ihrer Boshaftigkeit von den geplanten Veranstaltungen zum Ferragosto berichtete, obwohl sie genau gewusst hat, dass ich mich an einem solchen Tag lieber erst gar nicht außer Haus begeben würde, aber wie das so ist mit Vorsätzen, man unterwandert sie ständig, spielt Flutwasser in einem Vorsatzland und unterspült sie fortwährend, dachte ich, und ich würde selbstredend an Ferragosto umtriebig sein, da mich in meinem Zimmer nichts hielt, wenn draußen, dachte ich, Millionen und Abermillionen an Menschen der Vergnügungssucht frönten und ich dabei zusehen musste, wie sie sich unterhielten, ich konnte nicht anders, als diese Unterhaltungssucht zu missbilligen, zu verachten, wollte dies aber mitten unter den Menschen tun, anstatt in meinem Zimmer zu sitzen und dort zu verachten. Vor Ort verachtet es sich besser, dachte ich und wusste, dass ich mich damit selbst belüge. Du belügst dich selbst, dachte ich, denn in Wahrheit besteht *dein* Vergnügen darin, das Vergnügen *anderer* zu beobachten, zu sezieren und hernach zu *verabscheuen*. Du hast deine Unterhaltungssucht in der Unterhaltungssucht anderer, dachte ich, was dich um nichts besser macht als die anderen, nur, dass deine Unterhaltung ausschließlich stattfinden kann, wenn andere sich unterhalten. Du bist also nicht der Einzelgänger, der du gerne sein magst, dachte ich, du bist von der Unterhaltungssucht anderer *abhängig*, dachte ich, das ist noch schlimmer, als unterhaltungssüchtig zu sein. Die Frühstückszecke ist mich also zu Mittag angesprungen und hat mir von dem großen Feuerwerk erzählt, welches am Strand veranstaltet werden würde. Sie müssen sich um neun Uhr Abends einen Platz suchen, hat sie gesagt, sonst werden sie verzweifelnd in den Menschenmassen untergehen, eine Vorstellung, die ich zutiefst verabscheute, da ich, wie ich jetzt dachte, nicht vorhabe, jemals in einer Menschenmasse *unterzugehen*, ich wollte vielmehr aus der sicheren Distanz in diese Menschenmasse eindringen und sie sezieren und also hernach verabscheuen. Haben sie zuvor noch Lust auf ein gutes Abendessen, fragte mich die Frühstückszecke, und durchzuckend hielt ich kurz inne, weil ich dachte, die Frühstückszecke wolle mich nun zum Abendessen ausführen, weil sie zuvor schon erwähnt hatte, dass ihr Mann am Ferragosto verhindert sei, weil er *bis zum Hals* in Arbeit stecke und sie also den Feiertag allein verbringen müsse und ich also dachte, jetzt zeckt sie sich an dir fest, die Frühstückszecke. Meine zögerliche Antwort wurde ihrerseits abgelöst, indem sie begann, Reklame für ein neues Restaurant eines Freundes zu machen, was mich in einem ungeheuren Maße erleichterte, denn ich wusste nun, die Frühstückszecke wollte bloß Reklame machen, und mich nicht zum Essengehen mit ihr nötigen, was ich ihr hoch anrechnete (worüber ich jetzt, einmal mehr, staunte, denn ich hatte nach all diesen Tagen, nach all diesen Jahren, in denen mich die Frühstückszecke gequält hat, noch nie ein so gutes Verhältnis zu ihr wie jetzt). Nach dem Feuerwerk möge ich als junger Mensch doch am besten in eines der Lokale am Ortsrand gehen, *wo sich die Jugend trifft*, sagte sie, und ich stellte fest, dass die Frühstückszecke meinen Abend bis ins kleinste Detail festlegen und durchplanen wollte und ahnte darob, weshalb ihr Mann also *bis zum Hals* in Arbeit steckte. Die Lokale hätten in diesem Jahr die Erlaubnis, bis um acht Uhr in der Früh offen zu halten, sagte sie, was mich hat daran denken lassen, wie gestern Nacht die Straßenbeleuchtung bereits um elf plötzlich und abrupt und also ohne Vorwarnung halbiert wurde, sodass die Straßen nur mehr noch mit fünfzig Prozent des üblichen Nachtlichtes, sieht man vom Mond ab, erhellt waren, was ich ihr auch berichtete. Die Frühstückszecke sagte, in Berlin hieße das, wir klappen jetzt die Bürgersteige hoch, was mich hat mit innerlichem Schmunzeln feststellen lassen, wie sehr die Frühstückszecke doch Deutsche geblieben ist, obwohl sie immer das Gegenteil behauptete. Immerhin hatte sie es fertig gebracht, mich bei einem Rundgang durch die Fußgängerzone darüber nachdenken zu lassen, wie ich nun diesen Ferragostoabend verbringen würde, und ich beschloss, ihn mit der allergrößten Ruhe und also Unaufgeregtheit auf mich zukommen zu lassen, so gelassen wie der dicke Mann, den ich beobachtete, wie er seinen Eisbecher aus-

löffelte, so langsam, er hätte ihn beinahe *austrinken* können, dachte ich jetzt. Sein Herz schlägt sicher nicht öfter
als drei Mal in der Minute, dachte ich und ich erinnerte
mich, dass es nur einen einzigen Menschen gab, bei dem
ich diese Ruhe schon einmal beobachtet hatte und dieser
Mensch war auch ein dicker Mensch gewesen und ich
kannte ihn ebenso aus diesem Ort, wie mir jetzt einfiel.
Er hatte eine überdurchschnittlich große Unterlippe gehabt, die er ständig auf- und abwippte, als hätte er keine
Zähne im Mund, wie mir jetzt wieder einfiel. Tatsächlich
habe ich nie seine Zähne gesehen, dachte ich, immer nur
seine große, wippende Unterlippe, die er sich hätte bis
über die Nase ziehen können. Ich hatte ihn in meiner
Erinnerung unter dem Namen *die Lippe* gespeichert, es
war schon einige Jahre her gewesen, als ich ihn zum letzten Mal gesehen habe, dachte ich. Das war zu der Zeit,
als ich noch mit dem Zug bis nach Udine und danach
mit dem Bus hierher gefahren bin, und die Lippe hat
immer am Busbahnhof des Ortes (was für ein Wort, Busbahnhof, wo es dort doch nur Busse und keine Bahnen
gab) gewartet und hat, als die Reisenden ausgestiegen sind,
die großen Busgepäckstaufächer geöffnet und den Reisenden ihre Gepäckstücke herausgehoben, in der Hoffnung, ein paar Hundert Lire zu erhalten, die er wenigstens
von mir jedes Mal bekam. Ich habe die Lippe immer
wieder auch auf dem Fahrrad durch die Fußgängerzone
fahren sehen und dachte, die Lippe lebt nur von Gele-

genheitsarbeiten und ist mit Sicherheit eine ganz einsame und verarmte Person, die auch immer Nachts um halb elf zu einem Modegeschäft gekommen ist, wie ich mich jetzt erinnerte, und dort die Rollläden heruntergezogen hat, weil die Inhaberin des Modegeschäfts zu zart und klein und also zu schwach war, um die schweren, eisernen Rollläden herunterzuziehen. An einem Abend, fiel mir jetzt ein, ist die Lippe nicht mehr zu dem Modegeschäft gekommen und ich habe die Lippe danach auch nie mehr gesehen, auch nicht auf dem Busbahnhof, auf dem ich allerdings schon lange nicht mehr als Reisender angekommen bin.

14

Ein *schwacher* Abend, wirklich, ein schwacher Abend,
hatte die am Ferragosto allein gebliebene Frühstückszecke
ein paar mal vor sich her gesagt, als ich in der Frühe aus
meinem Zimmer gekommen bin. Ich hatte am Abend
das Feuerwerk mitverfolgt, obwohl es mich selbstredend
nicht interessierte, und ich muss zugeben, die Frühstückszecke hatte wahrscheinlich wieder einmal recht, wenn sie
sagte, es wäre *das schwächste Feuerwerk seit Jahren* gewesen,
was ich allerdings nicht beurteilen konnte, da ich in diesem Ort ja niemals im August gewesen bin, sondern immer
im Juni oder Juli und ich darob noch niemals das
Ferragostofeuerwerk miterlebt habe, das mich ohnehin
nicht interessierte. Mich hatten vielmehr die Reaktionen
des zu Tausenden erschienenen Volks interessiert, weshalb ich mich also unter selbiges mischte und in der Masse untertauchte, was, obwohl ich es nicht leiden kann,
auch seinen Reiz hat, wie ich jetzt feststellte, da man
dadurch in die völlige Anonymität tritt, die für die Beobachtungen, die ich machen wollte, absolut unabdingbar
war. Es war erneut die Situation, in die ich mich gerne
flüchtete, nämlich mein Vergnügen aus dem Vergnügen
der Leute zu gewinnen, was also gerade bei einem
Feuerwerksspektakel eine Freude der besonderen Art war,
doch ich wurde bitter enttäuscht, da das Feuerwerk offensichtlich nicht den Erwartungen des Volks entsprach

und also wirklich ein schwaches gewesen ist und nur hie und da einzelne Entzückensrufe wahrzunehmen waren, die für die von mir gewünschten Beobachtungen allerdings nicht ausreichten, woraufhin ich beschloss, bereits mitten unter dem Feuerwerk von der riesigen Meeresterrasse fortzugehen und also durch die Straßen zu schlendern, noch ehe sich die großen Volksmassen bei Ende des Feuerwerks in die Gassen ergossen. Ich blieb bei einer Galerie stehen, bei der ich immer, wenn ich in diesem Ort war, stehen blieb, weil diese Galerie die abscheulichsten Bilder der untalentiertesten Maler ausstellte, jede Woche durfte ein anderer *Künstler* seine Bilder ausstellen, in dieser Woche waren es besonders abscheuliche Gemälde einer alten Basilika, in der rotweiß angezogene Harlekine ihr Unwesen trieben und also durch die Basilika tanzten oder sprangen und der Maler hatte dieses Motiv in insgesamt neunundzwanzig Bildern festgehalten, wobei sich das Motiv der Basilika niemals änderte, nur die in der Basilika umherspringenden Harlekine und ich habe mir beinahe den Spaß machen und den Maler fragen wollen, was *alle* neunundzwanzig Gemälde kosten würden, wenn ich sie gleich bezahlte, was ich aber schließlich doch lieber bleiben ließ und mich daran amüsierte, wie andere, ebenfalls vorzeitig vor dem Feuerwerk Geflüchtete auf die Bilder mit Wohlgefallen reagierten, was mich einmal mehr davon überzeugte, dass das Kunstverständnis der Menschen gleich Null war. Und ich ging also weiter durch die Straßen, da hörte das Feuerwerk auf und der Menschenschwall ergoss sich wie eine Sintflut in die Fußgängerzone und immer mehr Menschen krochen wie die Ameisen durch die engen Straßen und schleckten Eis und lachten und hielten einander an der Hand und Kinder schrieen und Alte gingen mit dem Stock oder besetzten die Bänke entlang der Straße, und alle redeten sie immer fort, die meisten machten ein zufriedenes Gesicht, vor allem die Eisschleckenden, und ich ging in dieser Masse der Fröhlichkeit unter und konnte kaum mehr Luft bekommen vor lauter Fröhlichkeitsmenschen. Ich fühlte mich eingekesselt und sah also keinen Ausweg mehr, aus der Masse herauszukommen und begann zu laufen, so gut es ging, durch die Reihen der Masse und versuchte, mir am Rand der Straße Freiräume zu schaffen, in denen ich kurz verschnaufen könnte, was mir aber nicht gelang, da die Masse zu stark gewesen ist und ich mich gänzlich in ihr verhedderte. Ich sah junge Menschen, die mit ihren Spritzpistolen in die Menge schossen, und die Opfer waren zahlreich, und ich sah in der Ferne eine Menschenkette auf mich zukommen, der ich, wie ich dachte, unbedingt werde ausweichen müssen, denn sie bestand aus der Frau mit dem Kropf, der Tochter der Frau mit dem Kropf, der hektischen Frau vom Strand und ihren drei Kindern, dem Bürgermeister der Gemeinde, der magersüchtigen Kellnerin aus dem Restaurant mitsamt der kleinen Carlotta, die auf ihren Schultern saß und grinste, aus

dem Chef und der Chefin meines Hauses, dem Koffer-
diener aus dem Savoy, Michel Piccoli war auch dabei,
Arm in Arm mit dem Trafikanten, auch die beiden Ehepaare, die nicht zueinander passten, und der muschelessende bucklige Alte und seine muschelessende faltige
Frau und eine Delegation der Polizia, der Polizia municipale
und der Carabinieri. In der Mitte der Menschenkette, die
nun immer schneller, wie ich in Panik bemerkte, auf mich
zukam, ging die Frühstückszecke und wetzte ihre Vor-
derzähne wie zwei Fleischermesser und ich blieb wie an-
gewurzelt stehen und erwartete schon mein Schicksal, ich
sah also schon meinem Tod ins Auge, und die Menschenkette kam immer näher und schob alle um mich herum-
stehenden Mitglieder der Masse zur Seite, als ich, wie in
einer Reflexhandlung, plötzlich zu laufen begann, die Straße war jetzt frei, weil die Menschenkette die Masse zur
Seite gedrängt hatte und ich also mit voller Wucht zu laufen begann, *vorwärts, vorwärts, vorwärts* auf die Menschenkette zu, und ich sehe mich noch, wie ich gegen die
Frühstückszecke pralle und sie umrenne und sie am Boden liegen bleibt und ich nicht stehen bleibe sondern weiter
laufe, vorwärts, immer vorwärts, immer schneller und
schneller. Als ich die Menschenkette einige hundert Meter
hinter mir gelassen hatte, bemerkte ich am Ende der Straße den blinden Luftballonverkäufer, wie er an seinem
Stand seine Ballons zum Kauf anbot, und gerade als ich
zu dem blinden Luftballonverkäufer habe hingehen und

ihm einen grünen Luftballon habe abkaufen wollen, sah ich, wie der blinde Luftballonverkäufer alle seine einhundert Ballons von seinem Stand losmachte, mit einer Handbewegung in den Himmel steigen ließ und seinen Kopf lachend zum Himmel hob, als würde er ihnen nachblicken.

Bücher von Matthias Greuling:

Der Kunstverstümmler
Kurzgeschichten, 80 Seiten, edition lyrica, 1999

Atmen.
Erzählung, 65 Seiten, edition lyrica, 2003

Bei Bestellungen, Anregungen und Fragen zum Verlagsprogramm wenden Sie sich bitte an folgende Adresse: lyrica@poetic.com